dtv

Nach der ›Drahtharfe‹ Wolf Biermanns zweiter Lyrikband, der 1968 nur im Westen erscheinen durfte: 37 Gedichte, Balladen und Lieder, die sich an die Menschen und an die Machthaber in beiden Teilen Deutschlands richteten und deren Botschaft auch heute noch aktuell ist. »Extravagant, bieder, einleuchtend, immer überschaubar und durchschaubar: so präsentieren sich Biermanns unheiter-heitere Verse. Ein Außenseiter formuliert das Bewußtsein einer Generation, ein Einzelgänger spricht für viele.« (Süddeutsche Zeitung)

Wolf Biermann, am 15. November 1936 in Hamburg geboren, ging 1953 in die DDR. Er studierte Politische Ökonomie, Philosophie und Mathematik, war Regieassistent beim Berliner Ensemble und begann 1960 zu komponieren und zu schreiben. 1965 totales Auftrittsverbot. 1976 erfolgte die spektakuläre Ausbürgerung. Wolf Biermann lebt heute als Schriftsteller und Liedermacher in Hamburg.

Wolf Biermann

Mit Marx- und Engelszungen

Gedichte Balladen Lieder

Deutscher Taschenbuch Verlag

Von Wolf Biermann
ist im Deutschen Taschenbuch Verlag erschienen:
Die Drahtharfe (12700)

Ungekürzte Ausgabe
September 2000
Deutscher Taschenbuch Verlag GmbH & Co. KG,
München
www.dtv.de
Lizenzausgabe mit freundlicher Genehmigung des Verlags
Klaus Wagenbach, Berlin

Umschlagkonzept: Balk & Brumshagen
Umschlagfoto: © DIZ, München
Gesamtherstellung: C. H. Beck'sche Buchdruckerei,
Nördlingen
Gedruckt auf säurefreiem, chlorfrei gebleichtem Papier
Printed in Germany · ISBN 3-423-12810-0

— ließ neulich mich verhaften.
Wie lehrreich, gut und schön war das
auch für die Kriminalen!
Ich wette dieses Kreuzverhör —
geht ein in die Annalen:
Mit Marx- und Engelszungen sang ich
bis die Polypen Feuer fingen
— so brachten die im Kreuzverhör
noch keinen Mann zum Singen —

Inhalt

Gedichte

Hetzlieder gegen den Krieg und Lobpreisung des Friedens

Von mir und meiner Dicken

Balladen und Lieder

Gedichte

Ach Freund, geht es nicht auch dir so?
ich kann nur lieben
          was ich die Freiheit habe
                    auch zu verlassen:

dieses Land
diese Stadt
diese Frau
dieses Leben

Eben darum lieben ja
wenige ein Land
manche eine Stadt
viele eine Frau
aber alle das Leben.

Tischrede des Dichters im zweiten mageren Jahr

Ihr, die ihr noch nicht ersoffen seid, Genossen
Im Schmalztopf der privilegierten Kaste
Ach, wie lang schon lag ich euch nicht in den Ohren!

Wenn durch den nächtlichen Fernsehhimmel
Die obligaten Kastraten in eure Kanäle schiffen
Wenn auf euren erblindeten Bildschirmen
Die keimfreien Jungfrauen flimmern
Wenn die Sandmännchen vom Dienst durch die Röhre
Die euch verordneten Schlaftabletten reichen
Das alles noch mag hingehn, Genossen, aber:

Wenn sie euch abfüttern mit ihren verfluchten
Ideologischen Wassersuppen, die feisten Köche
Dann quält mich doch, ich gebe es zu, Heißhunger
Nach eurem Hunger, Genossen, auf schärfere Sachen:
Stück Fleisch in die Zähne. Wollet euch erinnern:
Fast fettlos gebraten, das Salz erst zuletzt dran
Damit nicht auslaufen die himmlischen Säfte
Dazu mein Salat mit gehörigen Mengen an
Cayenne-Pfeffer, der lang nach dem Essen
Den Gaumen noch foltert, Zitrone und Knoblauch
Im Dampf des Olivöls schwimmen geschlachtet
Die roten Tomaten Arm in Arm mit den Gurken
Zur Hochzeit in knackigen Kähnen des grünen Salats
Und Salz und Salz! Die Weisheit gestorbener Meere:
Das wohlschmeckende, das ungesunde Salz!
Und! Wie wir dann lässig die Milch in uns schütten
Die sanfte, die gute aus bauchigen Bechern!
Da könnt ihr was lernen, ihr Arschlöcher!

O wollet, Freunde, euch bitte erinnern:
Es munden dem Volke die fetten Ochsen
Seit je in der *Pfanne*!
Nicht aber im *Amte*!

Unter uns gesagt: Startet denn wirklich unser nächstes
Größeres Freßgelage, Genossen
Erst beim Leichenschmaus?!
Am Grabe der Revolution?!

Drei Worte an die Partei

Hast Du ein blutrot Kalb
In Deinem Herzen, Schwester
Daß Du mich nicht lässest
In Dein Gehege?

Ach Bruder, nimm das Messer
Doch weg von meiner Brust!
Ich blute ja längst
Vor Trauer aus.

Nimm, Mutter, Deinen Haß
Von meinen schwachen Schultern!
Ich trage ja schon
An Deiner Liebe schwer.

Lebenszeichen

Für Jürgen Böttcher

Nachdem ich mich eingenistet habe
in eure offenen Herzen, Freunde
Nachdem ich einbrach, Genossen
in eure gastfreundlichen Schädel

Nach all dem Geschrei auch
um meine erhabenen Plattfüße
um paar scharfe Salutschüsse
aus der Großen Weißgerber-Gitarre

Nachdem die verhaßten Plattköpfe
mich ausgiebig übergossen haben
mit der populären Farbe ihres Hasses

Nachdem die beliebten Plattköpfe
mich ausgiebig übergossen haben
mit der populären Farbe ihrer Liebe

Nach all dem Rummel
um das bißchen Dideldumm

Nachdem das deutsche Karussell sich heißlief
auf der Achse meines linken Zeigefingers:
Schwindelig bis zum Erbrechen
kippten die kindischen Greise vom Bock
Von Holzpferdchen taumelten besoffen
und aus Feuerwehrkutschen die greisen Kinder
und kotzten sich aus über meinem Haupte
Das
waren die Lorbeerkränze
des Vaterlandes!
Und löschten ihren Brand
mit zwei meiner kleineren Tränen
Prost!

Nachdem all das weit westlich – weit östlich
unter auf neben und über mir liegt und
nachdem all das sorgfältig eingekerbt ist
in das steinalte Gesicht meines Gemütes : : :

lege ich mich schlafen in diese finsteren Jahre

Der den Tag umarmte
soll der nicht schlafen dürfen in der Nacht?

Schlafen will ich mich legen
auf die Steinfliesen meines Staates
in die Keller meiner Nation
auf die Wiesen meiner Freundschaften
in die Dünen meiner Liebe

Schlafen lege ich mich
unter die ewigen Kirschbäume unsrer Küsse, Marie
in die endlose Brandung unsrer Begierden, Marie
in die sanften männermordenden Stürze gegen Abend

Und will dann hinabtauchen
in immer tiefere Stille
und von neuem erfinden:
Den Schrei

Portrait eines alten Mannes

Seht, Genossen, diesen Weltveränderer: Die Welt
Er hat sie verändert, nicht aber sich selbst
Seine Werke, sie sind am Ziel, er aber ist am Ende

Ist dieser nicht wie der Ochse im Joch
des chinesischen Rades? Die Wasser
hat er geschöpft. Die Felder
hat er gesättigt. Der Reis
grünt. Also schreitet dieser
voran im Kreise
und sieht auch vor sich nichts, als
abertausendmal eigene Spur im Lehm
Jahr für Jahr wähnt er also, der Einsame
den Weg zu gehen der Massen. Und er läuft doch
sich selbst nur nach. Sich selber nur
trifft er und findet sich nicht
und bleibt sich selber immer der Fernste

Seht, Genossen, diesen Weltveränderer: Die Welt
Er hat sie verändert, nicht aber sich selbst
Seine Werke, sie sind am Ziel, er aber ist am Ende

Das seht, Genossen. Und zittert!

Lied des alten Kommunisten F.

Lied des alten Kommunisten F.

Die Jahre verrasseln mich
immer mehr ins
immer Weniger

So aber, Genosse, geh ich zum Tod:
wissend und trotzdem handelnd
handelnd und trotzdem lachend

Lachend, mit zahnlosem Mund
beiß ich mein Brot

Frage und Antwort und Frage

Es heißt: Man kann nicht mitten im Fluß
die Pferde wechseln
Gut. Aber die alten sind schon ertrunken

Du sagst: Das Eingeständnis unserer Fehler
nütze dem Feind
Gut. Aber wem nützt unsere Lüge?

Manche sagen: Auf die Dauer ist der Sozialismus
gar nicht vermeidbar
Gut. Aber wer setzt ihn durch?

Zwischenlied

Wenn ich euch nun hin und wieder
bittere Balladen brülle
Lieder voller Traurigkeiten
redet euch dann ja nicht ein:
Mir gings schlecht, und
ich sei traurig
ich sei voller Bitterkeiten

Ihr erinnert euch: es sind doch
nur so traurig bitter finster
unsere ansonsten großen
und so schön bewegten Zeiten

Und so schön bewegten Zeiten!

Der Herbst hat seinen Herbst

Sanft
frißt der Schnee die Gärten
Von Buchen blättert der Rost
Und der Wind
mühelos erntet er
Spatzen vom kahlen Gesträuch

Der Herbst hat seinen Herbst
Bald
blüht schon der Winter
Eins nach dem andern
Es betet ihren Rosenkranz
und gelassen die Natur

Wir aber
Ja, aber wir

Fritz Cremer, Bronze: ›Der Aufsteigende‹

Mühsam Aufsteigender
Stetig Aufsteigender
Unaufhaltsam aufsteigender Mann

Mann, das iss mir ja ’n schöner Aufstieg:
Der stürzt ja!
Der stürzt ja fast!
Der sieht ja aus, als stürze er
Fast sieht der ja aus, als könnte er stürzen

Steigt aber auf
Der steigt auf
Der steigt eben auf!
Der steigt aber mächtig auf!
Der hat Newtons berühmten Apfel gegessen:
Der steigt einfach auf

Noch nicht die kralligen Zehen, aber
Die Hacke riß er schon vom Boden
Über das Knie zerren die Sehnen das Bein
Auf Biegen und Brechen zur Geraden
Das wieder stemmt hoch ins Becken
Die Hüften wuchten nach oben
Aufwärts auch quält sich der massige Bauch
Die den Brustkorb umgürten:
Die Muskelstränge, sie münden
Vorbei am mächtig gebeugten Kopf
In jener Schulter. Ergießen sich dann
In jenen Arm. Und stürzen weiter
Bis in die Hand. Schnellen hoch
In die Fingerspitzen. Ja!
Dieser Fleischklotz strebt auf
Dieser Koloß steigt und steigt
– das ist eben ein Aufsteigender!

Der steigt unaufhaltsam auf
– mühsam auch, ich sagte es schon –
Diesen Mann da nennen wir zu recht:
DEN AUFSTEIGENDEN

Nun sag uns nur noch das:

Wohin steigt dieser da?

Da oben, wohin er steigt
was ist da? Ist da überhaupt
oben?

Du, steigt der auf zu uns?
Oder steigt er von uns auf?

Geht uns der voran?
Oder verläßt er uns?

Verfolgt er wen?
Oder flieht er wen?

Macht er Fortschritte?
Oder macht er Karriere?

Oder soll er etwa, was wir schon ahnten:
Ein Symbol sein der Gattung Mensch?
Steigt das da auf
Zur Freiheit, oder, was wir schon ahnten:
Zu den Fleischtöpfen?
Oder steigt da die Menschheit auf
Im Atompilz zu Gott und, was wir schon ahnten:
Ins Nichts?

So viele Fragen um einen, der aufsteigt

Hetzlieder gegen den Krieg und Lobpreisung des Friedens

Größe des Menschen

Nimm nur die Berge, die abträgt der Regen
und schwemmt sie flußwärts ins Meer wie nichts

Oder das Meer selber, das schiffemordende
in der Sturmflut, wie es die Inseln wegleckt

Oder wenn aufbrechen die Wunden der Erde
in Vulkanen, städtebegrabenden Massen

Oder auch, von denen wir wieder hörten:
den länderzertrümmernden Erdbeben

– sie alle übertrifft der Mensch
in seiner Zerstörungskraft

Wann ist denn endlich Frieden

Wann ist denn endlich Frieden

Wann ist denn endlich Frieden
In dieser irren Zeit
Das große Waffenschmieden
Bringt nichts als großes Leid

ES blutet die Erde
ES weinen die Völker
ES hungern die Kinder
ES droht großer Tod
ES sind nicht die Ketten
ES sind nicht die Bomben
ES
ist ja der Mensch
der den Menschen bedroht

Die Welt ist so zerrissen
Und ist im Grund so klein
Wir werden sterben müssen
Dann kann wohl Friede sein

ES blutet die Erde
ES weinen die Völker
ES hungern die Kinder
ES droht großer Tod
ES sind nicht die Ketten
ES sind nicht die Bomben
ES
ist ja der Mensch
der den Menschen bedroht

Legende vom Soldaten im III. Weltkrieg

Die Legende vom Soldaten im dritten Weltkrieg

1

Vom Morden am Morgen begehrlich gemacht
Schlief der Soldat so schön
Er lag auf ihr, sie konnte dabei
Die Sterne der Heimat sehn.
Atomraketenhagel fiel
Vom Himmel blau und klar
Die meisten Bomben kamen zu spät
War nichts mehr zum Sterben da

Noch ist es Winterzeit
Abende lang und weit
trauern im Schnee
Wenn wir nur lebend sind
Karin, im Kältewind
ist es schon gut

2

Da wurde die Erde ein Totenschiff
Ein rundes rotes Geschwür
Die Sterne am Himmel warn gar nicht mehr schön
Denn es sah sie keiner mehr
Den Engeln brannten die Flügel ab
Und dem Lieben Gott der Bart
Das Jüngste Gericht wurde abgesagt
Warn keine Seelen mehr da

Noch ist es Winterzeit
Abende lang und weit
trauern im Schnee
Wenn wir nur lebend sind
Karin, im Kältewind
ist es schon gut

3

Und ein Molekül vom Soldatengehirn
Und eins von ihrem Gesäß
Die hielten sich lange noch beieinand
Bis Hitze auch sie zerriß
Und hätt der Soldat der Frau zu Haus
Statt Krieg ein Kind gemacht
Dann schlüge das Herz der Erde noch
Der Krieg würd ausgelacht

Kommt uns die Sommerzeit
Karin, nicht nur zu zweit
im Blütenschnee
Nieder mit Krieg und Tod
Reifen die Kirschen rot
dann ist es gut

Lied vom Tod auch des Todes

1
Der Tod ist müd geworden
Das Schlachten hört nit auf
Von all dem großen Morden
Wächst hoch ein Leichenhauf

> Das ist der schwarze Tod
> Das ist der weiße Tod
> Das ist der rote Tod
> meine liebe Liebe

2

Und einsam auf dem Haufen
Sitzt sterbenskrank der Tod
Wenn alle Menschen hin sind
Verliert der Tod sein Brot

Das ist der schwarze Tod
Das ist der weiße Tod
Das ist der rote Tod
meine liebe Liebe

3

Und bleibt nichts mehr zum Sterben
Und steht kein Korn zum Mähn
Verliert der Tod sein Arbeit
Muß selbst zugrunde gehn

Das ist der schwarze Tod
Das ist der weiße Tod
Das ist der rote Tod
meine liebe Liebe

Ballade vom Panzersoldat und vom Mädchen

1
Da war einmal ein Panzersoldat
Der ging mal auf den Weihnachtsmarkt
Auf Urlaub in Berlin
Und der Soldat
        der kam ja grad
Der kam grad vom Manöver

2
Da stand im hellen Lichterglanz
Die Schießbude von Schießbuden-Franz
Da kam man gar nicht ran
Wer schießt hier!
        Wer trifft hier!
Wer ist ein Held und ein Mann!

3

O Tannebaum und Christ ist geborn
Da keilte der Panzersoldat sich nach vorn
Mit einem großen Schein
Hier, ich! – schrie er
Ich kauf! – schrie er
Ich kauf alle Bleikugeln ein!

4

Der Schießbuden-Franz erstaunte sehr
Gab alle seine Bleikugeln her
Für dem Soldat sein Geld
Na bitte sehr
mein Herr, sprach er
Wenn's Ihnen so gefällt

5

Dann schmiß der gute Panzersoldat
Die ganze blöde Bleikugelsaat
Den Tannen ins Geäst
Da nehmt – sprach er
den Dreck – sprach er
Da nehmt das Blei und freßt!

6

Da kam ein junges Mädchen gerannt
Gab ihm Papierblumen in die Hand
Und küßte ihn ganz offen
Du hast – sprach sie
du hast – sprach sie
Du hast am besten getroffen

Soldat Soldat

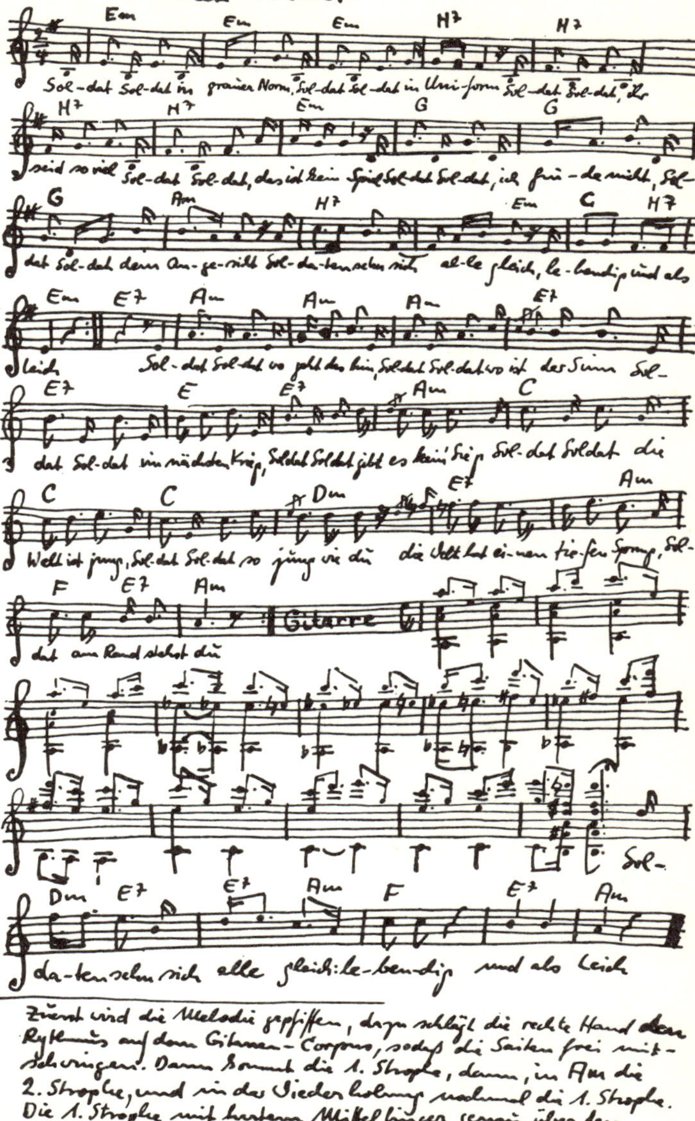

Zuerst wird die Melodie gepfiffen, dazu schlägt die rechte Hand den Rythmus auf dem Gitarren-Corpus, sodaß die Saiten frei mitschwingen. Dann kommt die 1. Strophe, dann, in Am die 2. Strophe, und in der Wiederholung nochmal die 1. Strophe. Die 1. Strophe mit hartem Mittelfinger genau über dem Steg schlagen.

Soldat Soldat

1
Soldat Soldat in grauer Norm
Soldat Soldat in Uniform
Soldat Soldat, ihr seid so viel
Soldat Soldat, das ist kein Spiel
Soldat Soldat, ich finde nicht
Soldat Soldat, dein Angesicht
Soldaten sehn sich alle gleich
Lebendig und als Leich

2
Soldat Soldat, wo geht das hin
Soldat Soldat, wo ist der Sinn
Soldat Soldat, im nächsten Krieg
Soldat Soldat, gibt es kein Sieg
Soldat, Soldat, die Welt ist jung
Soldat Soldat, so jung wie du
Die Welt hat einen tiefen Sprung
Soldat, am Rand stehst *du*

3
Soldat Soldat in grauer Norm
Soldat Soldat in Uniform
Soldat Soldat, ihr seid so viel
Soldat Soldat, das ist kein Spiel
Soldat Soldat, ich finde nicht
Soldat Soldat, dein Angesicht
Soldaten sehn sich alle gleich
Lebendig und als Leich

Soldaten sehn sich alle gleich
– lebendig und als Leich

Genossen,
wer von uns wäre nicht gegen den Krieg

Für Robert Havemann

Aber
der Glanz Müntzerscher Morgensterne
über den aufrührerischen Bauern
wenn sie ihren Peinigern
ein blutiges Licht aufsteckten

Aber
der Wohlklang der Stalin-Orgel
wenn sie den Hitler-Soldaten
zu Weihnacht FRIEDE AUF ERDEN
in die erfrorenen Ohren brüllte

Aber
die Eleganz automatischer Raketen
in Ho Chi Minhs Himmeln
wenn sie den erstaunlichen Ingenieurleistungen aus Detroit
den erstaunlichen Kuß geben

Aber
die Schönheit der Maschinenpistole
über der Schulter des Guerilla-Kämpfers
wenn er dem bolivianischen Kuli
treffende Argumente gegen seine Unterdrücker liefert
die sie endlich verstehn

Das Beste aber:
Polizisten, abgerichtet gegen das Volk
wenn sie im Strom der empörten Massen
durch die Straßenschluchten geschwemmt ertrinken
Und endlich endlich ergreifen sie statt ihrer Waffen
die rettende Hand der Waffenlosen

Grabinschrift für einen amerikanischen Soldaten

Als Schlächter ausgeschickt
Verendet als Schlachtvieh

Morgenspruch des General Ky

Eine Regierung, die nichts weiter fürchten muß
als das Volk
kann lange dauern, solange
das Volk nichts weiter fürchtet
als die Regierung

Traum des General Ky

Zuletzt aber beschloß die Regierung ein Gesetz
daß alle ihre Menschen glücklich
sind!!

Zuwiderhandlungen
werden mit dem Tode bestraft

Bald
gab es wirklich nur noch
glückliche Menschen

Verheerende Nebenwirkung des Krieges in Vietnam

Das da, dieser Krieg da
drängelt sich vor

Das da, dieser Krieg da
wirft auf die Welt einen langen Schatten
– in dessen Schutz wird munter
weitergemordet
weitergefoltert
weitergelogen

Ach, wo denn, Genossen, wird da gelogen?
Wo gefoltert?
Gemordet, wo noch?!

Unser großer Gesang

Für Walter Janka

1

Aber wie wir leben in all dem Sterben
In all den Kämpfen, wie wir doch lachen
Gänzlich zerrissen und sind doch ganz
Aus Lügengewässern, zerschlissen die Netze
Fischen wir immer noch Wahrheit. Und
Mächtig sind wir in all unsrer Ohnmacht
In all unsren Zweifeln verzweifeln wir nicht
Heiter mit dreimalgefesselten Händen
Packen wir uns Glückseligkeit
Mit geknebelten Mündern
Komm, mein Freund, laß uns singen
Und grade uns
laß singen vom Menschen den großen Gesang

2

Und Licht noch in all diesen Nächten
In all diesen Feuern Erfrischung auch
Und saftige Früchte noch in den Wüsten
Da, aus den Steinen, wächst immer noch Brot
Trotzalledem blühen den Weibern noch immer
Die Waisen im herrlich gerundeten Leib
Die Freiheit, unser gerupftes Vöglein
Nistet noch immer auch in den Männern
Da, wo die Toten zur Erde schrein
Da, wo die Lebenden schweigen
Komm, Genosse, laß uns singen
Und grade uns
laß singen vom Menschen den großen Gesang

3

Über unserem Zeugungsschiff, Schöne
Ziehn ihre Bahn die kosmischen Bomben
Unter dem Regen all der Raketen
Pflanzen wir Häuser für unsre Enkel
Tag für Tag entreißen wir Schwachen
Dem Großen Tod einen langen Tag
Ein kurzes Jahr, ein kleines Jahrhundert
In all der Vergänglichkeit loben wir lauthals
Die (die vielen vergangen ist) die Zukunft
Auf dieser Mörderkugel
Komm, meine Liebe, laß uns singen
Und grade uns
laß singen vom Menschen den großen Gesang

Kleiner Frieden

Kinder, die aufwachen
Frauen, die Morgenwäsche machen
Männer, die ein Gedicht schreiben über:

Kinder
        die aufwachen
Frauen
        die Morgenwäsche machen
Männer
        die ein Gedicht schreiben

André François, der Friedensclown

1
André François, der Friedensclown
la la la la la la laaaaaaaaaaaaaa
Hat großgemalte Augen
François François François
Hat einen breiten Mund
la la la la la la laaaaaaaaaaaaaa
Wenn er bis an den Goldzahn lacht
Dann wird das Kind gesund

2
André François, der Kinderclown
la la la la la la laaaaaaaaaaaaaa
Hat einen weiten Mantel
François François François
Hat viele weiße Tauben drin

la la la la la la laaaaaaaaaaaaa
Die fliegen in den Himmel hin
Bis in die Sonne rinn

3
André François, der Säuferclown
la la la la la la laaaaaaaaaaaaa
Hat eine rote Nase
François François François
Hat einen Sack voll Kinder
la la la la la la laaaaaaaaaaaaa
Kaninchen im Zylinder
Die spieln Harmonika

4
André der liebe Plattfußclown
la la la la la la laaaaaaaaaaaaa
Hat lulatschlange Latschen
François François François
Hat Haare aus Spaghetti
la la la la la la laaaaaaaaaaaaa
Die frißt sein grüner Teddy
Der Teddy ist ga gaaa

5
André François le clown d'la paix
la la la la la la laaaaaaaaaaaaa
Hat eine kleine Geige
François François François
Hat eine reife Feige
la la la la la la laaaaaaaaaaaaa
Die schmeckt so süß und milde
Wie scharfe Paprika
Du siehst es auf dem Bilde
Von André François François

Nachricht

Noch findet er statt
der Sonnenaufgang
Die dunkle Nacht, noch
wird sie veranstaltet

Erstaunlich! Auch diese Früh fand ich mich wieder
am Leben. Erleichtert auch merkte ich auf den Atem
dicht neben mir: die Erde ist also noch immer bevölkert

Den Radiomeldungen über die neuesten Fortschritte
der kleineren Kriege kann ich beruhigt entnehmen:
Noch dauert an die Existenz der Gattung Mensch

Ausgerottet, lese ich in der Abendzeitung
hat sich heute noch nicht, was da alltäglich
nach Frieden schreit

Noch findet er statt
der Sonnenaufgang
Die dunkle Nacht, noch
wird sie veranstaltet

Von mir und meiner Dicken

Die grüne Schwemme

Die grüne Schwemme

Jetzt wird mir leicht
Das Dunkel weicht
    aus unsrer warmen Scheune
Der Regen geht
Der Wind verweht
    die schwarzen Regenträume

Ich sing in Moll
Mein Herz ist voll
    von Spatzen und von Tauben
Der Tag wird schön
Du wirst schon sehn
    und meine Lieder glauben

Komm, faß mich an
Wir gehen dann
    in eine grüne Schwemme
Wir naschen Dill
Und du hältst still
    wenn ich dich zärtlich kämme

Von mir und meiner Dicken in den Fichten.

Von mir und meiner Dicken in den Fichten

Bloß paar schnelle Sprünge weg vom Wege
Legte ich ihr weißes Fleisch ins Gras
Mittagsonne brannte durch die Fichten
Als ich sie mit meinem Maße maß
Käfer krochen unter uns, es brachen
Heere Ameisen froh in uns ein
Etwa zwischen Bauch und Bauch zu baden
Oder irren zwischen Bein und Bein

Horden Mücken soffen sich von Sinnen
Stachen mich, weil ich ja oben schwamm
Bis ein Wolkenbruch, ein schneller greller
Uns in seine guten Arme nahm
Traubenschwere Wassertropfen fielen
Faul herab auf unsre heiße Haut
Und der wundermilde Guß von oben
Hat den großen Tod uns nicht versaut

Als ich endlich flach lag auf dem Rücken
Kippten meine Augen müde hoch
Einen Düsenjäger sah ich schweben
Durch ein aufgebauschtes Wolkenloch
Schwebte hin, schrieb einen sanften Bogen
Bis hinunter in das hohe Blau
Wieder brach die Sonne durch die Fichten
Und wir dampften im Nachmittagstau

Hohe Huldigung für die Geliebte

Und verschlossen deine Küsse
  Niemals meine Lippen mir
    Laut die Wahrheit auszuschrein
      In den leisen Würgejahren

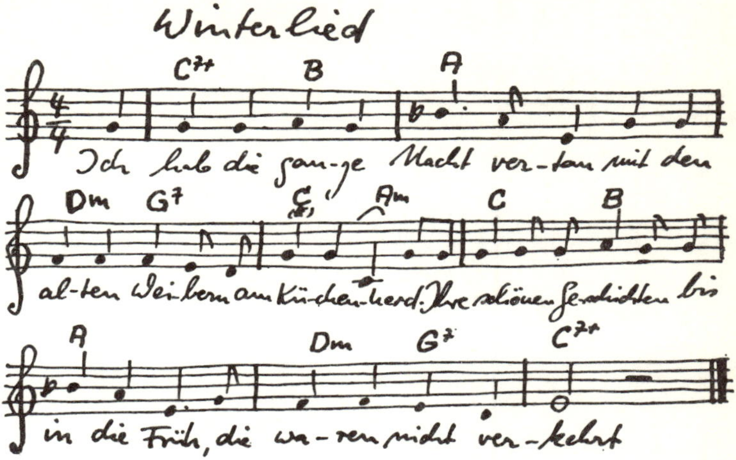

Winterlied

Ich hab die ganze Nacht vertan
Mit den alten Weibern am Küchenherd
Ihre schönen Geschichten bis in die Früh
Die waren nicht verkehrt

Wir aßen schwarzes Brot mit Schmalz
Und in die Nase ein Wein
Und einen krebsrotfröhlichen Hals
Beim Küchenfeuerschein

So saß ich bis in den Morgen hin
Und hörte so viel, so viel
Zu Haus lag meine junge Frau
Allein und winterkühl

Das ist unser Frühling auf dem Mont Klamott

Frühling auf dem Mont-Klamott

Der Winter lag im Sterben
Wir lebten immer noch
Aus Mietskasernen dampfte
Ein warmer Nebel hoch
Die Schornsteine erbrachen
Den fetten gelben Rauch
Und aus den Hinterhöfen
Stieg zart ein Frühlingshauch

Da ging ich mit der Dicken
die ersten Kätzchen pflücken
trotz Magistratsverbot
zum Mont-Klamott

Wir krochen durch Gestrüpp durch
Und latschten über Gras
Zum Liegen warn die Wiesen
Uns noch zu tot und naß
Die Apfelsinensonne
Schwamm groß im Hundeblau
Da wurde uns so mächtig
Und wurde uns so flau

Wir fühlten neue Kräfte
gewaltig stiegen Säfte
wir waren wieder flott
am Mont-Klamott

Wir küßten uns im Gehen
Und küßten uns im Stehn
Wir sahen menge Menschen
Und wurden selbst gesehn

Ich rollte meine Schöne
Die steilen Hänge rauf
Sie kreischte, und ich lachte
Sie fiel, ich fing sie auf

> Mensch, waren das Genüsse!
> Uns schmeckten unsre Küsse
> wie Ananaskompott
> am Mont-Klamott

Und als wir oben standen
Die Stadt lag fern und tief
Da hatten wir vom Halse
Den ganzen deutschen Mief
Ich legte meine Hände
Auf ihren warmen Bauch
Und sagte: süße Dicke
fühlst du den Frühling auch?

> Die Tauben und die Spatzen
> Die ersten Knospen platzen
> auf Trümmern und auf Schrott
> am Mont-Klamott

Wir saßen auf dem Kehricht
Vom letzten großen Krieg
Die Dicke sprach von Frieden
Ich hörte zu und schwieg
Wir saßen, bis die Sonne
Im Häusermeer absoff
Sahn zu, wie da der Westen
Die rote Farbe soff

> Auf Kirchen und auf Schloten
> Die selben roten Pfoten
> Wir dankten Marx und Gott
> am Mont-Klamott

Balladen und Lieder

Bilanzballade im 30. Jahr

Bilanzballade im dreißigsten Jahr

Nun bin ich dreißig Jahre alt
Und ohne Lebensunterhalt
Und hab an Lehrgeld schwer bezahlt
Und Federn viel gelassen
Frühzeitig hat man mich geehrt
Nachttöpfe auf mir ausgeleert
Die Dornenkrone mir verehrt
Ich hab sie liegen lassen
    Und doch: Die Hundeblume blüht
    Auch in der Regenpfütze
    Noch lachen wir
    Noch machen wir nur Witze

Warum hat mich mein Vater bloß
Mit diesem folgenschweren Stoß
Gepflanzt in meiner Mutter Schoß
– Vielleicht, damit ich später
Der deutschen Bürokratensau
Balladen vor den Rüssel hau
Auf rosarote Pfoten hau
Die fetten Landesväter
    Und doch: Die Hundeblume blüht ...

Ich hab mich also eingemischt
In Politik, das nützte nischt
Sie haben mich vom Tisch gewischt
Wie eine Mücke
Und als ich sie in' Finger stach
Und mir dabei den Stachel brach
Zerrieben sie mich ganz gemach
In kleine Stücke
    Und doch: Die Hundeblume blüht ...

Dies Deutschland ist ein Rattennest
Mein Freund, wenn du dich kaufen läßt
Egal, für Ostgeld oder West
Du wirst gefressen
Und während man noch an dir kaut
Dich schlecht bezahlt und gut verdaut
Bevor der nächste Morgen graut
Bist du vergessen
    Und doch: Die Hundeblume blüht ...

Ich segelte mit steifem Mast
Zu mancher Schönen, machte Rast
Und hab die andern dann verpaßt
Es gibt zu viele
Jetzt hat mein schönes Boot ein Leck
Die Planken faulen langsam weg
Es tummeln sich, ich seh mit Schreck
Die Haie unterm Kiele
    Und doch: Die Hundeblume blüht ...

Die Zeit hat ungeheuren Schwung
Paar Jahre bist du stark und jung
Dann sackst du langsam auf den Grund
Der Weltgeschichte
So manche Generation
Lief Sturm auf der Despoten Thron
Und wurd beschissen um den Lohn
Und ward zunichte

    Und doch: Die Freiheitsblume blüht
    Auch in der Regenpfütze
    Noch lachen wir
    Noch machen wir nur Witze

        Und doch: Die Hundeblume blüht
        Auch in der Regenpfütze
        Noch lachen wir.

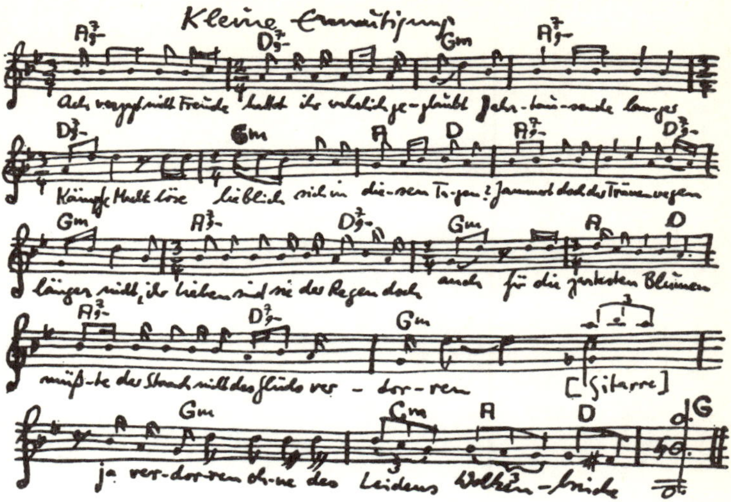

Kleine Ermutigung

Ach verzagt nicht, Freunde,
    Hattet ihr wahrlich geglaubt,
        Jahrtausende langer Kämpfe Macht
            Löse lieblich sich in diesen Tagen?

Jammert doch der Tränen wegen
    Länger nicht, ihr Lieben,
        Sind sie der Regen doch auch
            Für die zartesten Blumen

Müßte der Strauch nicht des Glücks
    Verdorren, ja verdorren
        Ohne des Leidens
            Wolkenbrüche?

Ermutigung

[das ist das Vor- und Nachspiel für die Gitarre]

Die letzte Strophe: „Wir wollen es nicht verschweigen…“ wird etwas höher, in D-Moll, gesungen. Wenn aber viele Leute das Lied zusammen singen, was ich mir wünsche, kann die letzte Strophe auch in Am bleiben, ist einfacher.

Ermutigung

Peter Huchel gewidmet

Du, laß dich nicht verhärten
In dieser harten Zeit
Die all zu hart sind, brechen
Die all zu spitz sind, stechen
und brechen ab sogleich

Du, laß dich nicht verbittern
In dieser bittren Zeit
Die Herrschenden erzittern
– sitzt du erst hinter Gittern –
Doch nicht vor deinem Leid

Du, laß dich nicht erschrecken
In dieser Schreckenszeit
Das wolln sie doch bezwecken
Daß wir die Waffen strecken
Schon vor dem großen Streit

Du, laß dich nicht verbrauchen
Gebrauche deine Zeit
Du kannst nicht untertauchen
Du brauchst uns, und wir brauchen
Grad deine Heiterkeit

Wir wolln es nicht verschweigen
In dieser Schweigezeit
Das Grün bricht aus den Zweigen
Wir wolln das allen zeigen
Dann wissen sie Bescheid

Große Ermutigung
[Gitarre so weiter bis Takt
Du ....
mein Freund das kann ich sagen ich bin
müde hundemüde müde bin ich all die Tage
die mich hart und bitter machten ach mein Herz ist krank von all der
Politik und all dem Schlechten
Sag wann haben diese Leiden diese
Leiden diese Leiden endlich mal ein Ende ?!
Wenn die neuen Leiden kommen haben sie ein Ende
H7 Em A Em A G Am H7 Em7 Em6 Em Fis F7 Em A Em A Em Em A Em A Em H7 Em A Em Am D7 Gm Gm D Am7+ F7 Am E7

Große Ermutigung

Du, mein Freund, dir kann ich sagen
Ich bin müde, hundemüde
Müde bin ich all die Tage
Die mich hart und härter machten
Ach, mein Herz ist krank von all der
Politik und all dem Schlachten

    Sag, wann haben diese Leiden
    diese Leiden, diese Leiden
    endlich mal ein Ende?
    Wenn die neuen Leiden kommen
    haben sie ein Ende

Meine Liebe, meine Schöne
Du mit deinen warmen Armen
Hieltest du mich all die Nächte
Die nur kältre Kälten brachten
Ach, mein Herz ist krank von all der
Politik und all dem Schlachten

    Sag, wann haben diese Leiden
    diese Leiden, diese Leiden
    endlich mal ein Ende?
    Wenn die neuen Leiden kommen
    haben sie ein Ende

Moritat auf Biermann seine Oma Meume in Hamburg

Moritat auf Biermann seine Oma Meume in Hamburg

Als meine Oma ein Baby war
Vor achtundachtzig Jahrn
Da ist ihre Mutter im Wochenbett
Mit Schwindsucht zum Himmel gefahrn
Als meine Oma ein Baby war
Ihr Vater war Maschinist
Bis gleich darauf die rechte Hand
Ihm abgerissen ist

Das war an einem Montag früh
Da riß die Hand ihm ab
Er war noch froh, daß die Fabrik
Den Wochenlohn ihm gab
Als meine Oma ein Baby war
Mit ihrem Vater allein
Da fing der Vater Saufen an
Und ließ das Baby schrein

Dann ging er in die Küche rein
Und auf den Küchenschrank
Da stellte er ganz oben rauf
Die kleine Küchenbank
Und auf die Bank zwei Koffer noch
Und auf den schiefen Turm
Ganz oben rauf aufs Federbett
Das kleine Unglückswurm

Dann ging er mit dem letzten Geld
In MEYERS FREUDENHAUS
Und spülte mit Pfefferminz-Absinth
Sich das Gewissen raus
Und kam zurück im Morgengraun
Besoffen und beschissen
Und stellte fest: »Verflucht, das Wurm
Hat sich nicht totgeschmissen!«

Das Kind lag friedlich da und schlief
Hoch oben auf dem Turm
Da packte er mit seiner Hand
Das kleine Unglückswurm
Nahm es behutsam in den Arm
Und weinte Rotz und Wasser
Und lallte ihm ein Wiegenlied
Vor Glück und Liebe fraß er

Der Oma fast ein Öhrchen ab
Und schwor, nie mehr zu trinken
Und weil er Maschinist gewesen war
Schwor er das mit der Linken
Das ist ein Menschenalter her
Hätt sie sich totgeschmissen
Dann würde ich von alledem
Wahrscheinlich garnix wissen

Die Alte lebt heut immer noch
Und kommst du mal nach Westen
Besuch sie mal und grüß sie schön
Vom Enkel, ihrem besten
Und wenn sie nach mir fragt und weint
Und auf die Mauer flucht
Dann sage ihr: Bevor sie stirbt
Wird sie noch mal besucht

Und während du von mir erzählst
Schmiert sie dir, erster Klasse
Ein Schmalzbrot, dazu Muckefuck
In einer blauen Tasse
Vielleicht hat sie auch Lust, und sie
Erzählt dir paar Geschichten
Und wenn die schön sind, komm zurück
Die mußt du mir berichten

Großes Gebet der alten Kommunistin Oma Meume in Hamburg

1

GOtt, lieber Gott im Himml, hör mich betn
Zu Dir schrei ich wie in der Kinderzeit
Warum hat mich mein armer Vater nicht zertretn
Als ich noch selig schlief in Mutters Leib
Nun bin ich alt, ein graues taubes Weib
Mein kurzes Leben lang war reichlich Not
Viel Kampf mein Gott, viel für das bißchen Brot
Nach Friedn schrie ich in die großn Kriege
Und was hab ich erreicht? Bald bin ich tot
O GOtt, laß DU den Kommunismus siegn!

2

Gott, glaube mir: Nie wird der Mensch das schaffn
Ich hab mich krumm gelegt für die Partei
Erinner Dich, wie ich Karl Scholz mit Waffn
Bei mir versteckt hab und bekocht dabei!
Auf Arbeit Tag für Tag die Schinderei
Dann dieser Hitler, das vergeß ich nie
Wie brach unsre Partei da in die Knie
Die Bestn starbn im KZ wie Fliegn
Die Andern sind verreckt im Krieg wie Vieh
O GOtt, laß DU den Kommunismus siegn!

3

Mensch, Gott! Wär uns bloß *der* erspart gebliebn
Der Stalin, meintwegen durch ein Attntat
Gott, dieser Teufel hat es fast getriebn
– verzeih – wie ein Faschist im Sowjetstaat
Und war doch selber Kommunist und hat
Millionen Kommunisten umgebracht
Und hat das Volk geknecht mit all die Macht
Und log das Aas, daß sich die Balkn biegn
Was hat der Hund uns aufn Hund gebracht
O GOtt, laß DU den Kommunismus siegn!

Großes Gebet der alten Kommunistin Oma Meume in Hamburg
Gott, lieber Gott im Himmel hör mich beten
Kinder-zeit
Darum hat mich mein armer Vater nicht gern
als ich noch selig schlief in Mutters Leib
Nun bin ich alt, ein graues taubes Weib
Brot
was hab ich erreicht, bald bin ich tot
O Gott, laß Du den
Kom-mu-nis-mus sie-gen

4

Stossgebet

Mach, daß mein herznslieber Wolf nicht endet
Wie schon sein Vater hinter Stachldraht!
Mach, daß sein wirrer Sinn sich wieder wendet
Zu der Partei, die ihn verstoßn hat
Und mach mir drüben unsern Friednsstaat
So reich und frei, daß kein Schwein mehr abhaut
Und wird dann auch die Mauer abgebaut
Kann Oma Meume selig auf zum Himml fliegn
Sie hat ja nicht umsonst auf Dich gebaut
Dann, lieber Gott, wird auch der Kommunismus siegn!

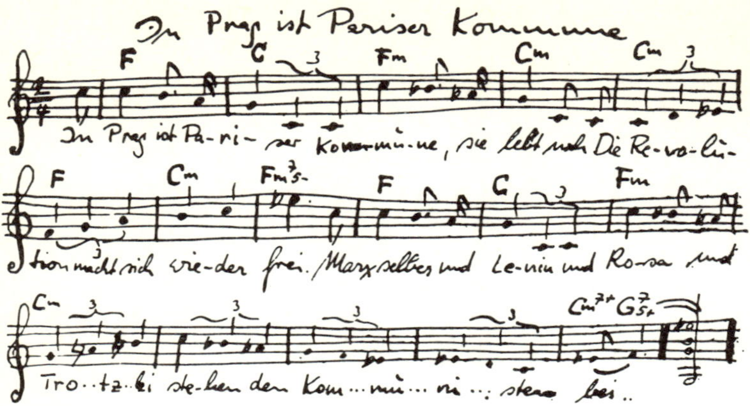

In Prag ist Pariser Kommune

In Prag ist Pariser Kommune, sie lebt noch!
Die Revolution macht sich wieder frei
Marx selber und Lenin und Rosa und Trotzki
stehen den Kommunisten bei

Der Kommunismus hält wieder im Arme
die Freiheit und macht ihr ein Kind, das lacht,
das leben wird ohne Büroelephanten
von Ausbeutung frei und Despotenmacht

Die Pharisäer, die fetten, sie zittern
und wittern die Wahrheit. Es kommt schon der Tag
Am Grunde der Moldau wandern die Steine
es liegen vier Kaiser begraben in Prag

Wir atmen wieder, Genossen. Wir lachen
die faule Traurigkeit raus aus der Brust
Mensch, wir sind stärker als Ratten und Drachen!
Und hattens vergessen und immer gewußt

Preußische Romanze No 1

Preußische Romanze No. 1

Für Joan Baez

Gitarre

sechs-fingrige Folter
sechs-züngige Schlange
sechs-Schüsse – MP

Gitarre

du bittere Schöne
du griffige Schöne
schwer spielbare Frau

Gitarre

du treulose Liebe
du stöhnst in den Armen
auch meiner Feinde

Gitarre

du Schrei nach der Sonne
in preußischen Nächten

Gitarre

du spanische Jüdin
wir singen in Deutschland
den schwärzesten Blues
Ay! Ay! Ay, den spanischen Blues
Aii, aii, den jüdischen Blues
Ahjaa, den Blues

Gitarre

wenn meine Brüder
wenn diese Brüder
mich gefangen haben werden
komm du! Dann komme du
Schwester
in meine Zelle

Drei Kugeln auf Rudi Dutschke

1
Drei Kugeln auf Rudi Dutschke
Ein blutiges Attentat
Wir haben genau gesehen
Wer da geschossen hat

Ach Deutschland, deine Mörder!
Es ist das alte Lied
Schon wieder Blut und Tränen
Was gehst Du denn mit denen
Du weißt doch was Dir blüht!

2
Die Kugel Nummer Eins kam
Aus Springers Zeitungswald
Ihr habt dem Mann die Groschen
Auch noch dafür bezahlt

Ach Deutschland, deine Mörder!

3
Des zweiten Schusses Schütze
Im Schöneberger Haus
Sein *Mund* war ja die Mündung
da kam die Kugel raus

Ach Deutschland, deine Mörder!

4
Der Edel-Nazi-Kanzler
Schoß Kugel Nummer Drei
Er legte gleich der Witwe
den Beileidsbrief mit bei

Ach Deutschland, deine Mörder!

Drei Kugeln auf Rudi Dutschke

5
Drei Kugeln auf Rudi Dutschke
Ihm galten sie nicht allein
Wenn wir uns jetzt nicht wehren
Wirst Du der Nächste sein

Ach Deutschland, deine Mörder!

6
Es haben die paar Herren
So viel schon umgebracht
Statt daß sie *Euch* zerbrechen
Zerbrecht jetzt ihre Macht!

Ach Deutschland, deine Mörder!
Es ist das alte Lied
Schon wieder Blut und Tränen
Was gehst Du denn mit denen
Du weißt doch was Dir blüht!

Es senkt das deutsche Dunkel

X die Wiederholung wird erst ab X mit Text gesungen

Es senkt das deutsche Dunkel
Sich über mein Gemüt
Es dunkelt übermächtig
In meinem Lied

Das kommt, weil ich mein Deutschland
So tief zerrissen seh
Ich lieg in der bessren Hälfte
Und habe doppelt Weh

Noch

Em9
[Wiederholung: Gitarre] Em7
Ein klei-ner Re-gen hat mich ge-waschen Am Himmel jetzt le-ere
[Wiederh.: Git.] F7 5-
Brau-se-flaschen Fa - brik-schlo-te wi-chern drü-ben am Hang
Em F7 5-
Rauchnasen lau-fen den Wind-weg lang - - - - - - -
Em F7 5- Em
Öl-das sind das da, das nas-se Blau Das da sind Hal-den, das
F7 5- Em F7 5-
gro-ße Grau Rot blühen paar Fahnen da auf dem Bau
E E7 Am4 Am A
Das Land ist still Der Krieg ge-nießt sei... ne...n
Dm7 Dm 6+ 5- E7 E E7 Am
Frieden still still das Land ist still.
Am
Noch!
F7 5- Am4 Dm 6+ 5-
Griffe:

Noch

1

Ein kleiner Regen hat mich gewaschen
Am Himmel ziehn leere Brauseflaschen
Fabrikschlote wuchern drüben am Hang
Rauchnasen laufen den Windweg lang
Wälder sind das da, das nasse Blau
Das da sind Halden, das große Grau
Rot blühn paar Fahnen da auf dem Bau
    Das Land ist still
    Der Krieg genießt seinen Frieden
    Still. Das Land ist still. Noch.

2

Die Schieferdächer schachteln sich wirr
Geklammert an Essen mit Eisengeschirr
Starrt das Antennengestrüpp nach West
Vom Sonnenball steht noch ein roter Rest
Krähen sind das da, was fällt und schreit
Blüten sind unter die Bäume geschneit
Was da jetzt einbricht, ist Dunkelheit
    Das Land ist still
    Wie Grabsteine stehen die Häuser
    Still. Das Land ist still. Noch.

Dann hing ich im D-Zug im Fenster, und
Der Fahrtwind preßte mir Wind in' Mund
Die Augen gesteinigt vom Kohlestaub
Ohren von kreischenden Rädern taub
Hörte ich schwingen im Schienenschlag
Lieder vom Frühling im roten Prag
Und die Gitarre im Kasten lag
    Das Land ist still
    Die Menschen noch immer wie tot
    Still. Das Land ist still. Noch.

Werkverzeichnis

I. Buchveröffentlichungen

Sonnenpferde und Astronauten. Gedichte junger Menschen. Zusammen mit V. Braun, S. Kirsch u. a. Hrsg. von Gerhard Wolf. Halle (Mitteldeutscher Verlag) 1964

Die Drahtharfe. Balladen, Gedichte, Lieder. Berlin (Wagenbach) 1965/München (Deutscher Taschenbuch Verlag) 1999

Mit Marx- und Engelszungen. Gedichte, Balladen, Lieder. Berlin (Wagenbach) 1968

Der Dra-Dra. Die große Drachentöterschau in acht Akten mit Musik. Berlin (Wagenbach) 1970

Für meine Genossen. Hetzlieder, Gedichte, Balladen. Berlin (Wagenbach) 1972

Deutschland. Ein Wintermärchen. Berlin (Wagenbach) 1972

Das Märchen vom kleinen Herrn Moritz, der eine Glatze kriegte. Bilder von Kurt Mühlenhaupt. München (Parabel) 1972

Nachlaß 1. Noten, Schriften, Beispiele. (Enthält die bis dahin erschienenen sieben Bücher.) Köln (Kiepenheuer & Witsch) 1977

Preußischer Ikarus. Lieder, Balladen, Gedichte, Prosa. Köln (Kiepenheuer & Witsch) 1978/München (Deutscher Taschenbuch Verlag) 1985

Das Märchen von dem Mädchen mit dem Holzbein. Ein Bilderbuch von Natascha Ungeheuer. Köln (Kiepenheuer & Witsch) 1979

Verdrehte Welt – das seh' ich gerne. Lieder, Balladen, Gedichte, Prosa. Köln (Kiepenheuer & Witsch) 1982/München (Deutscher Taschenbuch Verlag) 1985

Affenfels und Barrikade. Gedichte, Lieder, Balladen. Köln (Kiepenheuer & Witsch) 1986

Klartexte im Getümmel. 13 Jahre im Westen – Von der Ausbürgerung bis zur November-Revolution. Köln (Kiepenheuer & Witsch) 1990

Alle Lieder 1960–1990. Köln (Kiepenheuer & Witsch) 1990

Über das Geld und andere Herzensdinge. Prosaische Versuche über Deutschland. Köln (Kiepenheuer & Witsch) 1991

Der Sturz des Daedalus oder Eizes für die Eingeborenen der

Fidschi-Inseln über den IM Judas Ischariot und den Kuddelmuddel in Deutschland seit dem Golfkrieg. Köln (Kiepenheuer & Witsch) 1992

Großer Gesang vom ausgerotteten jüdischen Volk. Nach Jizchak Katzenelson, Dos lied vunem ojsgehargetn jidischn volk. Köln (Kiepenheuer & Witsch) 1994/München (Deutscher Taschenbuch Verlag) 1996

Alle Gedichte. Köln (Kiepenheuer & Witsch) 1995

Wie man Verse macht und Lieder. Eine Poetik in acht Gängen. Köln (Kiepenheuer & Witsch) 1997

Paradies uff Erden. Ein Berliner Bilderbogen. Köln (Kiepenheuer & Witsch) 1999

II. Schallplatten/CDs

1. Wolf Biermann (Ost) zu Gast bei Wolfgang Neuss (West). Hamburg (Philips) 1965
2. Vier neue Lieder. Berlin (Wagenbach) 1968. Neufassung 1977
3. Chausseestraße 131. Berlin (Wagenbach) 1969
4. Warte nicht auf beßre Zeiten. 1973
5. aah – ja! 1974
6. Liebeslieder. 1975
7. Es gibt ein Leben vor dem Tod. 1976
8. Das geht sein' sozialistischen Gang. 1976
9. Der Friedensclown. Lieder für Menschenkinder. 1977
10. Trotz alledem! 1978
11. Hälfte des Lebens. 27 Lieder nach Texten von Biermann u. a. 1979
12. Eins in die Fresse, mein Herzblatt. 1980
13. Wir müssen vor Hoffnung verrückt sein. 1982
14. Im Hamburger Federbett. 1983
15. Die Welt ist schön – pardon, will sag'n – ganz schön am Rand. 1985
16. Seelengeld. 1986
17. VEB Biermann. 1988
18. Gut Kirschenessen. DDR – ça ira! 1990
19. Nur wer sich ändert, bleibt sich treu. 1991

20. Süßes Leben – Saures Leben. 1996
21. Lieder vom preußischen Ikarus. 1998 – Liederproduktion Altona. Erhältlich im Buchhandel
22. Brecht, deine Nachgeborenen. 1999
23. Paradies uff Erden. Ein Berliner Bilderbogen. 1999

CD No: 3-20 und CD No: 22 und 23 sind nur erhältlich beim »Zweitausendeins« Versand, Postfach, D-60381 Frankfurt am Main. Produziert von Liederproduktion Altona, Fax: 040-88913761.

Vaterland, Muttersprache
Deutsche Schriftsteller und ihr Staat seit 1945

Offene Briefe, Reden, Aufsätze, Gedichte, Manifeste, Polemiken. Die Auseinandersetzungen der Schriftsteller mit ihrem Staat haben in Deutschland eine lange Tradition: Diese Anthologie dokumentiert die Zeit zwischen 1945 und dem Ende der Zweistaatlichkeit.

»Ein komplettes, überaus schönes und vervollständigtes deutsches Lesebuch.« Christoph Hein

Mit einem Vorwort von Peter Rühmkorf
Quart*buch*. Halbleinen. 476 Seiten

Stephan Hermlin
Abendlicht *Prosa*

Hermlins wichtigstes Buch: Ein Portrait deutscher Irrungen, erinnert in Traum-Bildern und Lebens-Geschichten.

»Welch ein schönes Buch. Die Reinheit dieser Prosa ist fast vergleichslos.« Hans Mayer

SVLTO. Rotes Leinen. 96 Seiten
Jetzt auch zum Hören: als LeseOhr (MC & CD)
Gelesen vom Autor. Laufzeit 69 Minuten

Fluchten vor dem Vaterland
Deutsche Geschichten

Ein unfeierlicher Beitrag zum 50. Gründungstag zweier Deutschländer: Warum fällt es uns Deutschen so schwer, uns als einen Teil unseres Landes zu begreifen? Warum träumen wir immer vom Weggehen? Warum scheint es uns überall besser zu sein als dort, wo wir gerade sind?

Originalausgabe
Herausgegeben von Bruno Preisendörfer
WAT 340. 192 Seiten

Wenn Sie *mehr* über den Verlag und seine Bücher wissen möchten, schreiben Sie uns eine Postkarte. Wir schicken Ihnen gern unseren Westentaschenalmanach, die *Zwiebel*. Mit Texten aus den Büchern, Photos und Nachrichten aus dem Verlagskontor.
Kostenlos, auf Lebenszeit!

Verlag Klaus Wagenbach, Emser Straße 40/41, 10719 Berlin

Heinrich Böll im dtv

»Man kann eine Grenze nur erkennen, wenn man sie zu überschreiten versucht.«
Heinrich Böll

Irisches Tagebuch
dtv 1

Zum Tee bei Dr. Borsig
Hörspiele
dtv 200

Ansichten eines Clowns
Roman · dtv 400

Wanderer, kommst du nach Spa…
Erzählungen · dtv 437

Ende einer Dienstfahrt
Erzählung · dtv 566

Der Zug war pünktlich
Erzählung · dtv 818

Wo warst du, Adam?
Roman · dtv 856

Billard um halb zehn
Roman · dtv 991

Die verlorene Ehre der Katharina Blum oder: Wie Gewalt entstehen und wohin sie führen kann
Erzählung
dtv 1150

Das Brot der frühen Jahre
Erzählung · dtv 1374

Ein Tag wie sonst
Hörspiele · dtv 1536

Haus ohne Hüter
Roman · dtv 1631

Du fährst zu oft nach Heidelberg und andere Erzählungen
dtv 1725

Fürsorgliche Belagerung
Roman · dtv 10001

Das Heinrich Böll Lesebuch
dtv 10031

Was soll aus dem Jungen bloß werden? Oder: Irgendwas mit Büchern
dtv 10169

Das Vermächtnis
Erzählung · dtv 10326

Die Verwundung und andere frühe Erzählungen
dtv 10472

Heinrich Böll im dtv

Frauen vor Flußlandschaft
Roman · dtv 11196

Eine deutsche Erinnerung
dtv 11385

Rom auf den ersten Blick
Landschaften · Städte · Reisen · dtv 11393

Nicht nur zur Weihnachtszeit
Erzählungen · dtv 11591

Unberechenbare Gäste
Erzählungen · dtv 11592

Entfernung von der Truppe
Erzählungen · dtv 11593

Gruppenbild mit Dame
Roman · dtv 12248

Die Hoffnung ist wie ein wildes Tier
Briefwechsel mit Ernst-Adolf Kunz 1945-1953
dtv 12300

Der blasse Hund
Erzählungen · dtv 12367

Der Engel schwieg
Roman · dtv 12450

Und sagte kein einziges Wort
Roman · 12531

In eigener und anderer Sache. Schriften und Reden 1952-1985
9 Bände in Kassette
dtv 5962
In Einzelbänden:
dtv 10601-10609

H. Böll/H. Vormweg
Weil die Stadt so fremd geworden ist ...
dtv 10754

NiemandsLand
Kindheitserinnerungen an die Jahre 1945 bis 1949
Herausgegeben von Heinrich Böll
dtv 10787

Über Heinrich Böll:

Marcel Reich-Ranicki:
Mehr als ein Dichter Über Heinrich Böll
dtv 11907

Bernd Balzer:
Das literarische Werk Heinrich Bölls
dtv 30650

Erich Loest im dtv

»Lest Loest, und ihr wißt mehr über Leipzig und wie alles gekommen ist.«
Armin Eichholz

Schattenboxen
Roman
dtv 10853
Gert Kohler wird nach zweieinhalb Jahren aus dem Gefängnis entlassen. Die erträumte Freiheit! Doch inzwischen gibt es den kleinen Jörg und neue Probleme...

Zwiebelmuster
Roman
dtv 10919
»Dieser Roman erweist einmal mehr die Stärke Loests, Alltag pointiert in Szene zu setzen.« (Deutsches Allgemeines Sonntagsblatt)

Froschkonzert
Roman
dtv 11241
Satire auf bundesdeutsche Krähwinkelei.

Durch die Erde ein Riß
Ein Lebenslauf
dtv 11318

Wälder, weit wie das Meer
Reisebilder
dtv 11507

Fallhöhe
Roman
dtv 11596
Die letzten Tage der DDR.

Bauchschüsse
Erzählungen
dtv 12290

Nikolaikirche
Roman
dtv 12448
Chronik einer Leipziger Familie. Ein Wende-Roman.

Völkerschlachtdenkmal
Roman
dtv 12533
Glanz und Elend der Stadt Leipzig – ein Parforceritt durch die Historie Sachsens.

Es geht seinen Gang oder Mühen in unserer Ebene
Roman
dtv 12549
Ein Mann verweigert sich dem Leistungsdruck in Gesellschaft und Familie. DDR-Roman.

Christa Wolf im dtv

»Grelle Töne sind Christa Wolfs Sache nie gewesen; nicht als Autorin, nicht als Zeitgenossin hat sie je zur Lautstärke geneigt, und doch hat sie nie Zweifel an ihrer Haltung gelassen.«
Heinrich Böll

Der geteilte Himmel
Erzählung
dtv 915

Unter den Linden
Erzählung
dtv 8386

Nachdenken über Christa T.
dtv 11834

Kassandra
Erzählung · dtv 11870

Voraussetzungen einer Erzählung: Kassandra
Frankfurter Poetik-Vorlesungen
dtv 11871

Kindheitsmuster
Roman · dtv 11927

Kein Ort. Nirgends
dtv 11928
Fiktive Begegnung zwischen Karoline von Günderrode und Heinrich von Kleist.

Was bleibt
Erzählung · dtv 11929

Störfall
Nachrichten eines Tages
dtv 11930

Im Dialog
dtv 11932

Sommerstück
dtv 12003

Auf dem Weg nach Tabou
Texte 1990–1994
dtv 12181

Medea. Stimmen
Roman
dtv 12444 und
dtv großdruck 25157

Gesammelte Erzählungen
dtv 12761

Die Dimension des Autors
Essays und Aufsätze, Reden und Gespräche 1959–1985
SL 61891

Christa Wolf,
Gerhard Wolf
Till Eulenspiegel
dtv 11931